La chambre vide

La chambre vide

un roman écrit par Gilles Tibo
et illustré par Geneviève Côté

SOULIÈRES ÉDITEUR

case postale 36563 — 598, rue Victoria
Saint-Lambert (Québec) J4P 3S8

Soulières éditeur remercie le Conseil des Arts du Canada et la SODEC de l'aide accordée à son programme de publication et reconnaît l'aide financière du gouvernement du Canada par l'entremise du Programme d'Aide au Développement de l'Industrie de l'Édition (PADIÉ) pour ses activités d'édition. Soulières éditeur bénéficie également du Programme de crédit d'impôt pour l'édition de livres – Gestion Sodec – du gouvernement du Québec.

Dépôt légal: 2005
Bibliothèque nationale du Canada
Bibliothèque nationale du Québec

Données de catalogage avant publication (Canada)

Tibo, Gilles

La chambre vide

(Collection Ma petite vache a mal aux pattes ; 61)

Pour enfants de 6 ans et plus.

ISBN 2-89607-017-6

I. Côté, Geneviève. II. Titre. III. Collection.
PS8589.I26C52 2005   jC843'.54   C2004-941631-6
PS9589.I26C52 2005

Illustrations de la couverture
et illustrations intérieures:
Geneviève Côté

Conception graphique de la couverture:
Annie Pencrec'h

Logo de la collection:
Caroline Merola

À Louise et Anne R.
G.C.

Les pleurs

Tous les soirs, depuis deux mois, j'ouvre les rideaux de ma chambre, je regarde les étoiles et je pleure.

Je pleure parce que mon grand frère n'existe plus. Il est mort. Il est mort en courant trop vite derrière son ballon.

Un monsieur, qui roulait en automobile, n'a pas eu le temps de freiner. Le pare-choc a frappé mon frère. Mon frère a roulé

sous la voiture. Son ballon a éclaté. Mon frère est mort sur le coup. Lui, il n'a pas souffert. C'est le contraire pour nous. Ma mère est devenue si triste qu'elle ne veut plus se lever le matin. Mon père a tellement de peine qu'il en est tombé malade.

Et moi, sans mon grand frère, je ne suis plus rien. Je le cherche dans la maison, sur le trottoir, dans la cour de l'école. Il n'y a plus personne dans ses souliers ni sur son vélo ni dans son lit.

On pleure, entre amis, dans la cour de l'école. On pleure en famille dans la maison.

Souvent, la nuit, j'entends mes parents sangloter. Après avoir regardé le ciel, je les rejoins dans leur chambre. Je me couche entre eux. Ils se blottissent contre moi et nous pleurons ensem-

ble. Notre peine est comme l'eau d'un robinet, il en coule, il en coule et il en reste toujours dedans. C'est comme une petite musique de nuit. Une musique très lente qui, à la fin, nous fait tomber dans le fond du sommeil, là où il n'y a plus rien.

2

Quelquefois,
la nuit...

De temps à autre, je me rends dans la chambre de mon frère. Je regarde les images qu'il avait fixées sur les murs : des images de sportifs. Ils courent, sautent et nagent pour rien. Mon frère n'est plus là pour les encourager.

Certains soirs, avant de me coucher, j'enfile le grand pyjama de mon frère. Je me regarde dans

le miroir. Nous sommes deux. Moi devant la glace, lui, derrière. En nous faisant des grimaces ou en nous tirant la langue, nous restons là, sans bouger, à attendre que le sommeil nous délivre. Mes parents me trouvent au petit matin, endormi au pied du miroir.

Ils ne me demandent jamais ce que je fais là.

Ils le savent très bien.

Lorsque je m'ennuie trop, je vais me coucher dans le lit de mon frère. Je ferme les yeux et j'essaye de rêver ses rêves. Mais il est difficile de rêver les rêves de quelqu'un d'autre. Alors, je retombe dans mes rêves à moi. J'imagine mon frère arrivant dans sa chambre. Tout essoufflé, il m'aperçoit dans son lit. Il me gronde en me chatouillant les orteils. Et moi, je ris aux éclats.

Certaines nuits, son oreiller est tout mouillé. Quelqu'un a pleuré dessus. Papa ou maman sont venus avant moi.

D'autres fois, c'est le contraire. J'aperçois mon père et ma mère qui viennent me rejoindre dans le lit de mon frère. Nous ne posons pas de questions. Nous savons pourquoi nous nous retrouvons dans le petit lit de mon frère. Nous parlons de lui. Nous parlons de ses qualités. Il était fort en mathématiques. Il était bon en vélo. Il courait très vite. Nous parlons aussi de ses défauts. Il mangeait tous les biscuits. Il n'aimait pas lire. Il était rancunier.

Au fil du temps, ses qualités deviennent de plus en plus grosses et ses défauts de plus en plus petits.

Certains soirs, maman, papa et moi nous restons, chacun, dans notre lit. La porte de la chambre de mon frère reste fermée comme s'il y était encore. À ces moments-là, c'est comme si rien n'avait changé dans la maison. Je rêve qu'il est encore vivant. Je joue avec lui. Je me bataille avec lui et je crie « chute » lorsqu'il me colle les épaules au plancher.

3

Le monsieur

Le monsieur qui a heurté mon frère est très malheureux lui aussi. Après l'accident, il tremblait chaque fois qu'il conduisait son automobile.

Un matin, plutôt que de se rendre au travail, il s'est arrêté chez un garagiste pour y vendre sa voiture. Elle a été démontée, puis vendue en petits morceaux. Le pare-choc, taché de rouge, a été jeté à la ferraille. Le monsieur est retourné chez lui à pied. Il n'a pas travaillé de la semaine. Il ne conduit plus d'automobile.

Papa et lui se parlent régulièrement au téléphone. Ils pleurent tous les deux, mais pas pour les mêmes raisons.

Ce matin, papa me dit :

—Nous allons visiter le monsieur de l'accident.

Je me sauve dans ma chambre. Il n'est pas question que je rencontre ce monstre. Mes pa-

rents viennent me chercher sous mon lit. Ils me parlent. Ils m'expliquent que c'était un accident et que, depuis l'accident, le monsieur a beaucoup de difficulté avec la vie.

Moi, je crie :

—Et mon frère ? Est-ce que ça l'aidera à revivre ?

Mon père, ma mère et moi, nous prenons l'autobus pour la ville voisine. Pendant le voyage, je tente d'imaginer la figure du monstre que je vais rencontrer. Je ne le connais pas, mais je le déteste comme je n'ai encore jamais détesté personne.

Nous descendons de l'autobus. Un monsieur très ordinaire
nous attend à l'arrêt. Je le recon-
nais tout de suite parce qu'il a
dans les yeux la même tristesse
que nous. Sa bouche crie en
silence : *Je m'excuse… Je m'excuse… Je m'excuse…* Mes yeux
crient : *C'est de ta faute ! C'est
de ta faute ! C'est de ta faute !*

En regardant par terre, nous
marchons tous les quatre jusqu'à
sa maison. Il nous présente sa
femme et sa fille. Sa fille est
toute petite. Elle écoute un film
de cowboys. Je m'installe près
d'elle sur le canapé. Nous ne
parlons pas. Mes parents se ren-
dent à la cuisine. Ils discutent à
voix basse avec le monsieur et
sa femme. Ils regardent des photographies de mon frère : des
souvenirs de pique-niques. Des

souvenirs de Noël. Des souvenirs de vacances. J'entends régulièrement quelqu'un pleurer, renifler, se moucher. Je n'en peux plus. Je dis à la petite fille :

—Ton père a tué mon frère.

Les yeux pleins d'eau, la petite fille glisse sa main dans la mienne. Elle murmure :

—Mon père est en train de mourir d'avoir tué ton frère. Et moi, je crois bien que je vais mourir aussi et ma mère aussi, je crois. Ce qui fera quatre morts au total si tu ne nous pardonnes pas.

Je ne réponds rien. Je fixe l'écran de la télévision. La petite fille aussi. Elle ajoute :

—C'était un accident, et un accident, c'est la faute de personne.

En écoutant les coups de feu résonner à la télé, je comprends que, moi aussi, je meurs lentement et mon père aussi et ma mère aussi. Ce qui fera bientôt sept morts pour vrai. Alors, je comprends que la mort, la vraie mort, ce n'est pas comme dans les films de cowboys.

Je veux me rendre à la cuisine pour dire *Monsieur, c'était un accident, et un accident, c'est la faute de personne.*

Mais je reste figé sur place. Je me retourne vers la petite fille. Je la vois pleurer de l'autre côté de mes larmes. Je l'embrasse sur les joues. Elles sont toutes chaudes. Je balbutie :

—Je vous pardonne, pour que la vie continue.

La tristesse quitte le visage de la petite fille. Ses yeux deviennent brillants. Elle m'embrasse sur le bout du nez. Elle court jusqu'à la cuisine pour se lancer sur les genoux de son père. Elle lui dit un secret en parlant tellement fort que tout le monde entend :

—Papa, le petit garçon, il comprend que c'était un accident. Il te pardonne.

Les paupières du monsieur se remplissent d'eau. Il éclate en sanglots. Tout le monde pleure et soupire en même temps. Tout le monde tente de consoler tout le monde. Il y a des larmes partout sur le plancher.

Après la pluie de larmes, nous essuyons nos yeux avec des mouchoirs en papier. Nous mangeons de la soupe en essayant de ne pas pleurer dedans. Nous grignotons du gâteau en souriant quelquefois. Puis nous restons debout près de la porte. Nous nous enlaçons les uns les autres.

Le monsieur, sa femme et sa fille nous reconduisent à l'arrêt d'autobus en répétant : *merci... merci... merci...* Nous marchons tous les six, les yeux fixés dans les nuages. Personne ne pose de question. Tout le monde sait pourquoi nous regardons le ciel. En attendant l'autobus, la petite fille glisse, encore une fois, sa main dans la mienne. Elle murmure :

—Je peux devenir ton amie, si tu le veux…

Je ne réponds pas.

Papa, maman et moi, nous montons dans l'autobus et nous rentrons à la maison. Elle est remplie d'absence. Mais il y a un peu moins de peine dedans.

La chambre vide

La petite fille m'appelle de temps à autre. Elle me parle de tout et de rien. Moi aussi.

Puis, à la longue, nous ne savons plus quoi nous dire. Nous parlons surtout de rien. Les appels deviennent de plus en plus rares. Nous traversons l'hiver sans nous parler.

Le printemps venu, ma mère ouvre toute grande la fenêtre de la chambre de mon frère. Quelques-unes des photographies collées sur les murs se décrochent et tombent sur le plancher. Nous faisons le ménage des tiroirs, de la garde-robe et du coffre à jouets. Nous remplissons des sacs et des sacs de jouets et de vêtements pour les offrir à un organisme de charité.

Mais nous gardons des souvenirs de mon frère. Je conserve son gant de baseball. Maman, son ourson en peluche. Papa, un dessin de soleil.

La chambre de mon frère est devenue vide comme un désert. J'y passe de grandes heures à parler tout seul. Ma voix résonne sur les murs. J'y entends, parfois en écho, la voix de mon frère qui me parle de tout et de rien.

Surtout de tout.

Je veux aller
où tu es...

De temps à autre, mes parents et moi, nous discutons de la chambre vide. Il est question d'en faire une salle de jeu, un bureau pour papa, un endroit tranquille pour maman.

Mes parents proposent même l'idée de prendre un pension-naire, un enfant de mon âge, qui pourrait jouer avec moi. Mais

je ne veux pas. Mon grand frère est encore trop présent dans mon coeur.

Lorsque je lui parle, dans la chambre vide, sa voix, en écho, me répète toujours la même chose : « Je suis malheureux pour vous, mais je ne suis pas malheureux où je suis. »

Un jour, je lui réponds :

—Alors, je veux aller où tu es !

Il me réplique :

—Non ! Ne fais pas ça ! Tu es là où tu dois être. Profite de cha-que minute de ta vie !

Quelle drôle d'idée. Je ne re-connais plus mon frère. « Profite de chaque minute de ta vie ! »

J'hésite au début. Mais, au fil des semaines, je finis par suivre ses conseils. J'essaie de profiter de toutes les minutes de ma vie.

Je commence par des choses simples. Je profite du soleil et de la pluie. Je profite des caresses du vent. Je profite de la présence de mes amis. Puis, je passe aux choses plus difficiles. Même lorsque je tombe et que je m'égratigne les genoux, j'essaie d'en profiter. Chaque seconde, chaque minute, chaque heure que je vis ne reviendra plus jamais. C'est ce que mon frère me répète.

Je téléphone à la petite fille :

—Bonjour, j'ai un message de mon frère. Il te fait dire de profiter de chaque minute de ta vie parce qu'elle ne reviendra jamais ! Tu peux le dire à tes parents et à tes amis.

—Merci ! qu'elle répond en raccrochant.

Mes parents, eux aussi, essaient de profiter de chaque

minute de leur vie. Mais ce n'est pas facile. Ils font des efforts au travail et à la maison. Le soir, ils sont épuisés.

Et puis...

Après une longue discussion, papa, maman et moi, nous décidons que je déménagerai toutes mes affaires dans la chambre de mon frère. Cette chambre est plus grande que la mienne et moi, j'ai besoin d'espace. Je grandis à vue d'oeil.

Je place mon lit près de la fenêtre. Je fixe aux murs de ma nouvelle chambre une centaine de photographies que j'ai découpées dans des journaux, des revues. Ce sont des images d'oiseaux. Ils volent en silence autour de moi, même la nuit.

Ce soir, j'éteins la lumière de ma chambre. Je regarde dehors. Le feuillage des grands arbres murmure sous le ciel étoilé. Un oiseau vivant chante pour de vrai et s'envole vraiment de l'autre côté du monde.

Puis, c'est le silence.

Je n'entends plus que mon coeur qui ralentit sa course, qui se calme au fur et à mesure que les lumières de la ville s'illuminent.

Immobile dans les bras de la nuit, je pense à tous les gens que j'aime : mes parents, mes grands-parents, mes cousins, mes cousines, mes amis. Je pense aussi à mon frère. Il est

heureux quelque part, ailleurs, je ne sais pas où.

Une étoile filante traverse le firmament. Je fais un voeu : moi aussi, je veux être le plus heureux possible, ici, maintenant…

GILLES TIBO

J'ai écrit ce texte en pensant à tous ceux et celles qui ont subi la perte d'un ami, ou d'un parent lors d'un accident de la route. En état de choc, les survivants deviennent les vraies victimes, car ils sont aux prises avec la peine, la rancoeur et le désir de vengeance. Leur vie devient alors insupportable.

Ce livre est avant tout une histoire de pardon. Pour que la peine s'atténue, pour que la blessure se referme, pour que la vie continue, malgré la peine et la douleur.

Il faut toujours arriver à pardonner. Pardonner à celui qui a provoqué l'accident en le rencontrant et en constatant son désarroi. Ce n'est pas une démarche facile à réaliser... Mais, c'est une étape importante pour retrouver un peu de sérénité dans les moments difficiles.

GENEVIÈVE CÔTÉ

 Perdre quelqu'un est diffi-
cile à tout âge. C'est pourquoi
des auteurs comme Gilles
Tibo, qui nous aident à met-
tre en mots et en images
ces émotions si complexes,
ont toute mon admiration et
ma reconnaissance.

En terminant ce livre, j'ai bien regardé le
ciel, et j'y ai vu une nouvelle étoile, qui brillait
doucement. Il m'a même semblé entendre
rire, comme si (j'emprunte cette fois les mots
d'un autre auteur que j'aime, Antoine de St-
Exupéry), « on m'avait donné, au lieu d'étoiles, des tas de petits grelots qui savent rire. »

Ami lecteur, je te souhaite aussi des étoiles
qui brillent doucement et qui rient même parfois avec toi, la nuit.

MA PETITE VACHE A MAL AUX PATTES

Achevé d'imprimer
sur les presses de Marquis Imprimeur
en août 2005